UNE DEMI-HEURE
DE CAPRICE,

OU

MELZI ET ZÉNOR,

BALLET EN UN ACTE,

FAIT POUR SAINT-CLOUD,

PAR GARDEL,

MAITRE DES BALLETS DU PREMIER CONSUL;

Représenté le 9 Floréal an 12.

A PARIS,

BALLARD, Imprimeur du Théâtre de l'Opéra, rue J.-J. Rousseau, n°. 14.

AN XII. — 1804.

PERSONNAGES.

MELZI, jeune Asiatique,	Mme. Gardel.
ZÉNOR, son amant,	M. Vestris.
AZÉLAIDE, sœur de Melzi,	Mlle. Delisle.
L'ÉPOUX d'Azélaïde,	M. Branchu.
LYRA, leur fille, enfant de six ans,	Mlle. Rosière.
UN NÈGRE,	M. Beaupré.
NÉGRESSES,	Mlle. Rivière. Mlle. Fanni. Mlle. Florine. Mlle. Mareillier.
JEUNES ASIATIQUES,	Mlle. Millière. Mlle. Louise. Mlle. Bigottini.

UNE DEMI-HEURE
DE CAPRICE,
OU
MELZI ET ZÉNOR,
BALLET EN UN ACTE.

Le théâtre représente un Sallon asiatique; le fond laisse voir un jardin. Une porte donne dans des appartemens, et une autre sûr la campagne: le Sallon est orné d'instrumens de musique, de livres, de métier à broder, etc.

SCÈNE PREMIÈRE.

Au lever de la toile, l'on entend Melzi préluder sur sa guitare, dans la chambre voisine. Azélaïde et son époux entrent par le fond, en observant ; et quand ils sont assurés que leur sœur est occupée dans un autre lieu, ils introduisent Zénor dans le sallon. Zénor écoute avec enthousiasme, les sons agréables qui partent de l'appartement de celle qu'il adore ; il veut y entrer, mais Azélaïde s'y oppose : elle connaît le caractère vif et capricieux de sa sœur, et elle engage Zénor à écrire un billet dont elle offre de se charger. Zénor écrit et fait voir, par ses gestes expressifs, toute la chaleur des idées passionnées dont il remplit son billet ; ensuite il le remet à Azélaïde, en la suppliant de lui être favorable. Azélaïde qui desire voir sa sœur mariée et heureuse, promet tout à Zénor. Zénor laisse un schall sur un fauteuil, pour en faire hommage à Melzi ; et voulant l'attirer dans le sallon, il prend aussi une guitare et répète la dernière phrase de l'air que joue sa chère Melzi, et dont les paroles sont :

Vivre loin de ses amours,
N'est-ce pas mourir tous les jours ?

Ensuite, ils sort du côté de la campagne. Azélaïde court au jardin, son époux la suit.

SCÈNE II.

MELZI arrive précipitamment, tenant toujours sa guitare ; elle porte ses regards de tous côtés avec une vivacité extrême, et elle marque de l'étonnement de ne trouver personne ; elle recommence encore cette phrase, à laquelle l'on a répondu, et elle écoute : bientôt elle entend répéter le même passage du côté de la campagne. Elle approche doucement de la fenêtre, et elle regarde par-tout avec promptitude et curiosité. Azélaïde profite de ce moment pour appeler Zénor, et pour le faire entrer dans le jardin. Melzi, facile à perdre patience, jette sa guitare et cherche à se distraire. Elle prend un livre.... ce livre lui semble trop sérieux, elle le change pour un papier de musique, c'est la romance d'une Folie ; mais elle ne veut point chanter, et elle jette au loin la romance. Elle vole à la glace, se mire et arrange ses vêtemens : elle regarde sa chaussure, elle en paraît contente, et fait quelques jolis pas, toujours en se regardant dans le miroir ; ensuite elle voit le schall, elle le prend et le met de vingt manières différentes, toutes plus agréables les unes que les autres. Elle mêle cette coquetterie de danses voluptueuses, cependant cela l'impatiente bientôt et elle jette le schall ; son métier se trouve près d'elle, elle se met à broder.

SCÈNE III.

Azélaïde amène la petite Lyra, sans être vue de sa sœur ; et en lui remettant un bouquet auquel elle a attaché le billet de Zénor, elle lui dit l'usage qu'elle doit en faire. La petite Lyra se cache sous le métier, et rit de la malice qu'elle prépare à sa tante ; en ce moment, la phrase du premier air se fait encore entendre vers le jardin. Melzi se retourne, et le joli enfant saisit cet instant pour mettre le bouquet sur le métier. Melzi, n'entendant plus rien, revient pour travailler ; mais elle voit le bouquet ; elle se lève et regarde par-tout pour trouver le galant personnage qui cherche à l'intriguer. L'enfant profite encore de ce moment pour se tapir dans le fauteuil que sa tante vient de quitter. Melzi, ne voyant personne, s'approche doucement du bouquet; et regardant derrière elle pour n'être pas surprise, elle tend le bras pour s'en emparer; lorsqu'elle se sent baiser la main, elle se retourne, voit sa petite nièce, l'enlève dans ses bras et l'embrasse : ensuite saisissant le bouquet, elle le place de diverses manières; mais elle s'en dégoûte bien vîte, elle le jette. Azélaïde, qui entre en cet instant, le reçoit, et fait appercevoir à Melzi le billet qui y est attaché. Melzi lance un regard sévère sur l'enfant, qui répond qu'Azélaïde doit être la seule coupable, puisque c'est elle qui lui a donné le bouquet : Melzi fait signe à Lyra de s'éloigner.

SCÈNE IV.

APRÈS avoir fait quelques reproches doux à Azélaïde, Melzi l'engage à faire lecture du billet; Azélaïde l'ouvre, et peint par ses gestes les expressions passionnées qu'il contient.

SCÈNE V.

ZÉNOR, impatient de s'instruire de l'effet que doit produire son billet sur le cœur de Melzi, arrive et observe de loin. Melzi semble éprouver quelque plaisir à cette lecture; elle rougit, baisse les yeux, s'approche de sa sœur, prend doucement de ses mains la lettre de Zénor, et elle lit avec attention. Alors Zénor enchanté croit le moment favorable; il court à Melzi pour lui déclarer de vive voix toute la passion qu'il ressent; mais Melzi, sans voir Zénor, se met à rire, déchire le billet, le jette sur Zénor, le voit et se sauve.

SCÈNE VI.

Elle a déchiré mon billet, dit Zénor, et il se désespère. Azélaïde cherche à le consoler; elle l'engage à patienter : patience et amour sont rarement ensemble. Il veut s'éloigner pour jamais, Azélaïde et son époux qui arrive, le retiennent, et ils veulent absolument faire encore une tentative, persuadés que Melzi ne peut refuser quelque retour à Zénor. Il lui vient une idée; elle invite Zénor à se retirer, et à se tenir prêt au premier signal : il sort, et l'époux d'Azélaïde l'accompagne.

SCÈNE VII.

ALORS Azélaïde, voulant piquer la curiosité de sa sœur, se met devant la harpe, qui se trouve dans le sallon, et fait un prélude. Melzi ne tarde pas à répondre à cet appel. Elle accourt aux sons de l'instrument, ainsi que la jolie petite Lyra.

SCÈNE VIII ET DERNIÈRE.

MELZI prie sa sœur de lui faire entendre l'air qu'elles aiment tant toutes deux ; et prenant un tambour de basque, elle accompagne Azélaïde. La petite Lyra danse aux sons de ce concert, avec toutes les graces de son âge ; et Melzi qui s'en apperçoit, forme elle-même les pas les plus brillans. A la fin de ce morceau, Melzi enchantée vient baiser le front de sa sœur. Azélaïde commence une seconde variation ; et pendant que sa sœur est occupée à danser, elle se fait remplacer par Zénor. Melzi revient encore pour embrasser sa sœur ; mais quelle est sa surprise en voyant Zénor, elle veut fuir : Zénor, Azélaïde et son époux s'y opposent, Zénor lui déclare son amour : il y met tant de grace, tant de précaution, tant de chaleur, Azélaïde et son époux y ajoutent tant d'instances, que Melzi ne peut s'empêcher d'être moins sévère ; enfin Zénor lui dit si tendrement :

Vivre loin de ses amours,
N'est-ce pas mourir tous les jours ?

qu'après avoir jetté, sur son amant, un regard pénétratif et encore incertain, elle se décide ; et prenant Zénor par la main, elle lui dit :

On ne saurait trop embellir
Le court espace de la vie.
(d'une Folie.)

Et pour égayer les premiers momens de son amour, elle danse avec son futur époux. Azélaïde fait un signe, et tous les amis des jeunes amans viennent en foule leur apporter des fleurs.

Un court divertissement termine ce petit ballet.

FIN.

278

www.ingramcontent.com/pod-product-compliance
Lightning Source LLC
Chambersburg PA
CBHW061748180626
46818CB00006B/2797
9782019604035